サトウハチロー詩集

童話屋

目次

リンゴの唄……12
泣きたくなるのはいいことだ……18
ムリすんなよ……20
悲しくてやりきれない……22
いつでもどきどきしてるんだ……24
雨ですこっそり降ってます……26
やけ酒……28
もしも月給が上ったら……32
うちの女房にゃ髭がある……36
そぼくな恋……40
胡桃……42
象のシワ……44
友達はいいもんだ……50

この世の中で一番短い歌　54
みみずとボク　56
仲なおり　60
シャベルでホイ　64
木のぼり小僧　66
叱られ坊主　68
自画像　70
この手はこの手は何をする　72
もつれもつれて……　74
涙は似合わない　76
誰にも言わないから……　78
落ちつかない日は……　80
トテトテパアとおくるんだ　82
どうですどうだいどなもんだい　84
パカランチャア　88

ねむれない夜は…… 90
この世の中で一番 94
母　ママ　お母さん 96
おめめがさめれば　かあさん 98
でんでん虫にも 100
おふくろちゃぶくろ 102
かあさんのためいき 104
おかめひょっとこ 106
かあさんのひざは 108
たわむれに 110
ちちんぷいぷいごようのおんたからん 112
ちいさい母のうた 114
爪色の雨……一 122
爪色の雨……二 123
爪色の雨……三 124

めんこい仔馬……126
うれしいひな祭り……130
きいろいきいろい歌……132
もんしろ蝶々のゆうびんやさん……134
かわいいかくれんぼ……136
百舌が枯木で……138
ちいさい秋みつけた……140
長崎の鐘……144
編者あとがき……150

装幀・画　島田光雄

サトウハチロー詩集

リンゴの唄

赤いリンゴに　唇《くちびる》よせて
だまって見ている　青い空
リンゴは何《な》んにも　いわないけれど
リンゴの気持は　よくわかる
リンゴ可愛《かわい》や　可愛やリンゴ

あの娘《こ》よい子だ　気立《きだ》てのよい子
リンゴによく似《に》た　可愛《かわ》いい娘
誰方《どなた》がいったか　うれしい噂《うわさ》
かるいクシャミも　飛んで出る
リンゴ可愛や　可愛やリンゴ

朝の挨拶《あいさつ》　夕《ゆう》べの別れ
いとしいリンゴに　ささやけば
言葉は出さずに　小首をまげて
明日も又《また》ねと　夢見顔《ゆめみがお》
リンゴ可愛や　可愛やリンゴ

歌いましょうか　リンゴの歌を
二人で唄えば　なおたのし
みんなで唄えば　尚《なお》なお嬉《うれ》し
リンゴの気持を　伝えよか
リンゴ可愛や　可愛やリンゴ

泣きたくなるのはいいことだ

泣きたくなるのは　いいことだ
すっきりするまで　泣きたまえ
涙をふいたら　空でもながめ
すまして口笛　吹くことだ
――若いから　若いから
　それが　ぴたりとしてるんだ

のみたくなるのも　わるくない
えんりょはキンモツ　のみたまえ

ねむって起きたら　あくびをひとつ
ついでに唄でも　うたおうか
——若いから　若いから
　それが　ぴたりとしてるんだ

もやもやなんかは　何もない
そこらへぽぽいと　すてたまえ
誰かにどこかで　出逢ったときは
肩でもぽぽんと　たたくんだ
——若いから　若いから
　それが　ぴたりとしてるんだ

ムリすんなよ

ムリすんなよ
ムリすんなよ
すらりとくらすに　かぎるんだ
しこりができたら　おしまいだ
ムリすりゃどこかに　ひびがいる
恋愛だって　おなじこと
　おなじこと

ムリすんなよ
ムリすんなよ
自然にまかせて　おきなさい
がんばりすぎると　つまづくぞ
ムリすりゃ動きが　にぶくなる
　恋愛だって　おなじこと
　　　　　　　おなじこと

悲しくてやりきれない

胸にしみる　空のかがやき
今日も遠くながめ　涙をながす
悲しくて　悲しくて
とてもやりきれない
このやるせない　モヤモヤを
だれかに告《つ》げようか

白い雲は　流れ流れて
今日も夢はもつれ　わびしくゆれる

悲しくて　悲しくて
とてもやりきれない
この限《かぎ》りない　むなしさの
救いはないだろうか

深い森の　みどりにだかれ
今日も風の唄《うた》に　しみじみ嘆《なげ》く
悲しくて　悲しくて
とてもやりきれない
このもえたぎる　苦しさは
明日も続くのか

いつでもどきどきしてるんだ

いつでもどきどき　してるんだ
ボールがくるのが　こわいんだ
のどだけひりひり　かわくんだ
こっちへ打つなと　ねがうんだ
——それでも野球が　すきなんだ
おかしな話だが　本当《ほんと》なんだ

バットがしょっちゅう　おもいんだ
ボールがちいさく　みえるんだ

振《ふ》ってもかすりも　しないんだ
ためいきばかりが　もれるんだ
――それでも野球が　すきなんだ
おかしな話だが　本当なんだ

からだがガクガク　うごくんだ
ボールがするりと　ぬけるんだ
投げてもけんとうが　ちがうんだ
空だけ涙《なみだ》で　ひかるんだ
――それでも野球が　すきなんだ
おかしな話だが　本当なんだ

雨ですこっそり降ってます

雨です　こっそり　降ってます
こまかい雨です　しずかです
あまえる鼻声　つばめの子
それより　それより　しずかです

雨です　こっそり　降ってます
こまかい雨です　しずかです
まいまいつぶろの　ひとりごと
それより　それより　しずかです

雨です　こっそり　降ってます
こまかい雨です　しずかです
おはぐろとんぼの　ためいきか
それより　それより　しずかです

雨です　こっそり　降ってます
こまかい雨です　しずかです
ひる寝《ね》のみの虫　その寝息《ねいき》
それより　それより　しずかです

やけ酒

にくい　くやしい
なさけない
せめて　やけ酒《ざけ》
ひとあおり

涙《なみだ》といっしょに
のみほして
からりと　みんな
忘《わす》れたい

まずくて　からくて
ほろにがい
好きで　のむんじゃ
ないものねえ

深酒《ふかざけ》およしと
とめたひと

いまじゃ　このさま
茶《ちゃ》椀《わん》酒《ざけ》

つらい　酔《よ》いたい
泣き伏《ふ》したい
身も世もないほど
くずれたい

もしも月給が上ったら

もしも月給が上ったら
わたしはパラソル買いたいわ
僕は帽子《ぼうし》と洋服だ
上るといいわね　上るとも
いつ頃《ごろ》上るの　いつ頃よ
そいつがわかれば苦労がない

もしも月給が上ったら
故郷《くに》から母《かあ》さん呼びたいわ
おやじも呼んでやりたいね
上るといいわね　上るとも
いつ頃上るの　いつ頃よ
そいつがわかれば苦労がない

もしも月給が上ったら
ポータブルなど買いましょう
二人でタンゴも踊《おど》れるね
上るといいわね　上るとも

いつ頃上るの　いつ頃よ
そいつがわかれば苦労がない

もしも月給が上ったら
お風呂《ふろ》なんかもたてたいわ
そしたら流してくれるかい
上るといいわね　上るとも
いつ頃上るの　いつ頃よ
そいつがわかれば苦労がない

うちの女房にゃ髭がある

何か言おうと　思っても
女房《にょうぼ》にゃ何だか　言えません
そこでついつい　うそを言う
＊なんですあなた
いや別に　僕《ぼく》は　その　あの
パピプペ　パピプペ　パピプペポ
うちの女房にゃ髭《ひげ》がある

朝の出がけの　あいさつも
格子《こうし》をあけての　只今《ただいま》も
何だかビクビク　気がひける
（＊くりかえし）

姿《すがた》やさしく　美しく
どこがこわいか　わからない
ここかあそこか　わからない
（＊くりかえし）

地震《じしん》　雷《かみなり》　火事　おやじ
そいつは　昔のことですよ

今じゃ女房が　苦手だね
（＊くりかえし）

そぼくな恋

なんとなく　なんとなく
そわそわしてるんです
話しがうまく　出来ないんです
古いといわれても　しかたがないんです
それでもむやみと　うれしいんです
胸の中では　うたっているんです

逢う日には　逢う日には
わくわくしてるんです

まぶたがとても　ぴくつくんです
灯りがまぶしくて　しかたがないんです
だまってみてると　たのしいんです
指はしきりと　動《うご》いているんです

手紙さえ　手紙さえ
びくびく　してるんです
ペン先《さき》がいつも　みだれるんです
哀《あわ》れがひろがって　しかたがないんです
名前《なまえ》をなんども　つぶやくんです
口《くち》をあわてて　おさえているんです

胡桃《くるみ》

こわさないようにわりましょう
くるみのからを

ひとつ　ふたつ　みっつ
よっつ
それは泪のいれものにしましょう

パパにひとつ
ママにひとつ

あとのふたつはわたしのです
どうしてってって⁉
わたしはなきむしなんですもの

象のシワ

象《ぞう》の背中《せなか》に　シワがある
肩《かた》やお腹《なか》も　シワだらけ
四《し》本《ほん》の足も　すごいシワ
耳にもシワシワ　鼻《はな》もシワ

子供の時《とき》から　シワがある
赤ちゃん象でも　シワがある

はちきれそうに　ふとっても
シワはへらない　消《き》えもしない

じっとみてると　そのシワの
中《なか》にかくれた　シワがある
シワの中から　こっそりと
小さいシワが　のぞいてる

幾千幾万《いくせんいくまん》　象のシワ
親《おや》ジワ子《こ》ジワ　孫《まご》のシワ
そのまた子のシワ　孫のシワ
ひまご　つるまご　きゃしゃごジワ

シワでできてる　大きな象
みてると悲《かな》しく　なってくる
たまらないように　なってくる
歩くとそれが　波《なみ》を打《う》つ

ああ　歩くとそれが　波を打つ
ああ　立てばそれが　のびをする
ああ　しゃがめばそれが　たたまれる
ああ　ねねすりゃそれが　ゆめをみる

友達はいいもんだ

一文なしでも　友達は
やりきれないほど　いいもんだ
財布をはたいて　おごっても
平気な顔して　すましてる
　それが形に　なっている
ぐぐんと抱きたく　なってくる

話しをしてると　友達は
なんともかんとも　いいもんだ
明日があるよが　口ぐせで
いつでも目玉を　光らせる
　それが形に　なっている
　ききんと何かが　もりあがる

夜更けになるほど　友達は
しみじみつくづく　いいもんだ
月などみないで　風を聞き
さびしい時ほど　はしゃいでる

それが形に　なっている
くくんと泪が　わいてくる

この世《よ》の中で一番短《いちばんみじか》い歌

山羊《やぎ》が
五月をよんでます
メエーイ……

みみずとボク

みみずに　おしっこをひっかけると
オチンチンの先が　はれるという

そのサムプルを友達がみせた
ゆすら梅色した　チンボコだった
ひぐれの路地で光ってた

うちへかえって井戸端《ばた》を
ほじくりかえして　みみずを九匹
あたりをみまわし
チュルチュルチュルチュルリと　たっぷり　おしっこ

あくる日
みごとに　はれるには　はれた
だが　ゆすら梅の大きさは
残念　友達のとおんなじだった
九匹のみみずに　ひっかけたのになァ

九匹でも一匹でもおんなじなのか
なぜなぜなぜなぜ　おんなじなのか

いまでもそれが　しこりとなって
心の隅のどこかにある
　　　どこかにある

仲《なか》なおり

「ゴメンヨ」と
僕《ぼく》は大《おお》きく　書《か》いたんだ
君《きみ》のお家《うち》の　門《もん》の前《まえ》
——たそがれ時《どき》で　豆腐屋《とうふや》の
ラッパが夜《よる》を　呼《よ》んでいた
君をなぐッた　掌《てのひら》に
痛《いた》さがまだまだ残《のこ》ってた

君《きみ》の目《め》に
すぐつくようにと　書《か》いたんだ
僕《ぼく》の名前《なまえ》も　書《か》いたんだ
――つまらぬことで　喧嘩《けんか》して
家《うち》へかえッて　みたものの
復習《ふくしゅう》なんか　手《て》につかず
おやつもぼそぼそまずかッた

書《か》き終《お》えて
僕《ぼく》は家《うち》へと　駈《か》け出《だ》した
灯《あかり》が後《うしろ》へ　みなとんだ

──家《うち》の格子《こうし》に　手《て》をかけて
僕《ぼく》は見《み》たんだ　何気《なにげ》なく
夜目《よめ》にも白《しろ》く　板塀《いたべい》に
はッきり浮《う》いてる　君《きみ》の字《じ》を

「ゴメンヨ」と
僕《ぼく》より大《おお》きく書《か》いたった
君《きみ》の名前《なまえ》も　ならんでた
──格子《こうし》をあけて「ただいま」と
叫《さけ》んだ声《こえ》は　ぬれていた
「風邪《かぜ》をひいたね」と　母《かあ》さんが
言《い》ったが僕《ぼく》は　黙《だま》ってた

シャベルでホイ

シャベルで　ホイ
せっせこ　ホイ
もぐらのおじさん　道普請《みちぶしん》
そらホイ　どっこい　ざっくりホイ

朝から　ホイ
晩まで　ホイ
もぐらのおじさん　休まずに
そらホイ　どっこい　ざっくりホイ

今年は　ホイ
娘《むすめ》が　ホイ
もぐらの学校の　一年生
　そらホイ　どっこい　ざっくりホイ

それまで　ホイ
なんとか　ホイ
近道横町の　道普請《みちぶしん》
　そらホイ　どっこい　ざっくりホイ

木のぼり小僧

タラッチ　トラッチ　木のぼり小僧
木のぼり小僧は　木にのぼる
　のぼれば眺める　山の道
お首をまわして　海の道

タラッチ　トラッチ　木のぼり小僧
木のぼり小僧の　ひとりごと
　かあさん山越え　どこへ行《い》た
とうさん海越え　どこへ行た

タラッチ　トラッチ　木のぼり小僧
木のぼり小僧の　目が光る
山見る涙は　木の葉《こ は》色
海見る涙は　かもめ色

タラッチ　トラッチ　木のぼり小僧
木のぼり小僧に　日がくれる
一足おりれば　日が沈む
二足三足と　夜になる

叱られ坊主

日暮　夕風　赤とんぼ
叱られ坊主を　ひとまわり
早くきえろと　にらめたら
夕やけぐもまで　かき消えた

のぞく裏木戸　破れ木戸
叱られ坊主の　影ゆれた
押せばあくのに　手が出せぬ
となりの小犬が　首まげた

ぎっちょ　すいっちょ　なきだした
叱られ坊主の　右左《みぎひだり》
声がしみこむ　みみずばれ
えりくび　あしくび　ひざこぞう

姉か妹か　はねつるべ
叱られ坊主は　耳たてた
なぜにじゃまする　笛太鼓
祭りの稽古も　うらめしい

自画像《じがぞう》

カストロまがいのヒゲ
トウニョウとジンゾウの同居《どうきょ》しているまぶた
どうみても出来《でき》のわるい鼻
限《かぎ》りなく皮《かわ》のむける唇《くちびる》
酒《さけ》がしみた手首
タバコのヤニがういている指
椅子《いす》の上にあぐらをかき
ウィスキータンサンのコップに耳をよせ

次《つぎ》から次へと立ちのぼる
小さい泡《あわ》のつぶやきを
柄《がら》になく気取《きど》って聞き
これだけはスケジュールどおりとうそぶき
むしりとった鼻毛《はなげ》を
テーブルに植《う》えつけて
いったいウタはいつ書くんだ
風呂と寝床《ねどこ》の中と散歩《さんぽ》の途中《とちゅう》

自画像《じがぞう》というものは
どんなに描《えが》いても
ちょっとすかしているものです

この手はこの手は何をする

この手はこの手は　何をする
やさしい人の　肩を抱く
あわせて祈る　時もある
涙をふいてる　こともある
この手は……　この手は……

この手はこの手は　何をする
こまかい雨を　受けてみる
柳の枝を　なぜてみる
別れの道では　いつもふる
この手は……　この手は……

この手はこの手は　何をする
夜更けにお茶を　入れている
ひたいにあてて　考える
鳴らしてためいき　消している
この手は……　この手は……

もつれもつれて……

もつれもつれて
ほどきようがなくなると
つい　その糸を切りたくなる

でも　たんねんに　ほどいて行くと
どうやらやっとこ　ほどけるもんだ

そんなときたべる　お菓子のうまさ
お酒さえひといきに　のめそうな気がする

涙は似合わない

涙は似合《にあ》わない
涙は似合わない
誰でもいうの　いつもいうの
だから　だから
泣きたいときでも　がまんして
こらえてしまうくせが
ついてしまったの

涙は似合わない
涙は似合わない
誰でもいうの　なんどもいうの
だから　だから
朝から晩まで　泣きぬいて
涙が似合うひとに
なってみようかな

誰にも言わないから……

誰にも言わないから
いけないんです
話してしまえば　さっぱりするんです
──でも　ないしょで　ないしょで
　大事にしたい
そんなキモチも　するんです

誰にも言わないから
いけないいんです
話してしまえば　さっぱりするんです
——でも　ひとりで　ひとりで
なやんでいたい
そんなキモチも　あるんです

落ちつかない日《ひ》は……

落ちつかない日は　エンピツで
紙に大きな　◯《マル》　をかく
いびつになったり　ゆがんだり
こまかくふるえて　しまったり
それでもやっとこ　かきあげる
すると　落ちついて　落ちついて
心もどうやら　まるくなる

トテトテパアとおくるんだ

トテトテパアと　おくるんだ
ラッパみたいで　いいだろう
トテトテパアと　やりのけりゃ
あとはさっぱり　したもんだ

タタタタタンと　おくるんだ
太鼓ぐらいで　いいだろう
タタタタタンと　胸が鳴りゃ
あとはきもちが　からからさ

ピリピリピイと　おくるんだ
笛によく似て　いいだろう
ピリピリピイと　日がくれりゃ
あとは夜《よる》だけ　くるだけさ

どうですどうだいどなもんだい

どうです　どうだい　どなもんだい
花《か》ビンの花に　胸をそらす
花も感心　したような
顔しているから　おかしなもんだ
どうです　どうだい　どなもんだい

どうです　どうだい　どなもんだい
廊下の風を　肩でわける
風もなるほど　うなずいて
耳たぶなぜてる　おかしなもんだ
　どうです　どうだい　どなもんだい

パカランチャア

パカランチャア
チャタ　パンラア

かあさんの　おまじない
かあさんの　おまじない

ちいさいときに　たんこぶや
キリキズなんかに　よくきいた
ほんとにいつでも　よくきいた

誰かの恋の　傷手《いたで》にも
すぐすぐきくのじゃ　ないかしら
ぴたりときくのじゃ　ないかしら

かあさんの　おまじない
かあさんの　おまじない

パカランチャア
チャタ　パンラア

ねむれない夜《よる》は……

ねむれない夜は
枕についても　かあさんに
なにやら話しを　しかけてる
「ことこと窓が　言ってるよ」
「風だよ　早く　ねんねしな」

ねむれない夜は
いつまでたっても　かあさんに
しきりに話しを　つづけてる
「どこかで猫が　ないてるね」
「恋だよ　早く　ねんねしな」

ねむれない夜は
何時《なんじ》になっても　かあさんに
うるさく話しを　せがんでる
「お屋根で音が　しているよ」
「雨だよ　早く　ねんねしな」

――ねんねしな　ねんねしなのくりかえし
それを聞くのが　うれしく
　むやみに　なつかしく

この世の中で一番

この世の中で一番
美しい名前　それはおかあさん
この世の中で一番
やさしい心　それはおかあさん

おかあさん　おかあさん
悲しく愉《たの》しく　また悲しく
なんども　くりかえす
ああ　おかあさん

母　ママ　お母さん

母　ママ　お母さん
おふくろ　茶ぶくろ
気取って呼んでも　ふざけてとなえても
おふくろはおふくろ　母は母
ひざにしみてた匂いが
いまでも鼻の奥に生きている
　鼻の奥に生きている

おめめがさめれば　かあさん

おめめがさめれば　かあさん
おねんねするまで　かあさん
雨でも雪でも　かあさん
風でも霜でも　かあさん
——かあさんかりんと　カステラかたぱん
ちっともあきない　おかしのかあさん

あつけりゃあついで　かあさん
さむけりゃさむいで　かあさん

かなしい時にも　かあさん
うれしい時にも　かあさん
――かあさんカアネーション　かるかやカンナ
　みんなにすかれる　お花のかあさん

おふろへいれてよ　かあさん
ないしょでおっぱい　かあさん
しもやけかゆいよ　かあさん
おくすりつけてよ　かあさん
――かあさんカンガルー　カナリヤかもめ
　いっしょに泣いても　くださるかあさん

でんでん虫にも

でんでん虫にも
おかあさんがいるんだね
つくつくほうしにも
おかあさんがいるんだね
とうすみとんぼにも
おかあさんがいるんだね

だれもボクとおんなじに
おかあさんの顔を
おぼえていないんじゃないかしら
だから　みんな　みんな　みんな
さみしそうな顔をしているんじゃないかしら

おふくろちゃぶくろ

おふくろ　ちゃぶくろ　ずたぶくろ
やぶける　やぶける　紙ぶくろ
てなことつぶやき　ベロだした
ママさん　かあさん　おかあさま
わが母　母上《ははうえ》　母者人《ははじゃびと》
てなことというのは　大《おお》てれだ
いつもと同じで　行くとしょう

かあさんのためいき

なぜかなぜだか　かあさんが
ためいきつくよに　なりました
ちらりみるたび　気になって
こっちもためいき　つくんです

こんなことなど　かあさんは
いままで一度も　ありません
それがなにより　ひっかかり
こっちもためいき　つくんです

わけを聞《き》こうか　かあさんに
なんども思って　みたのです
もしやわたしの　ことかしら
こっちもためいき　つくんです

おかめひょっとこ

おかめひょっとこ
はんにゃの面《めん》
笛に太鼓に　鈴がらりん
――秋祭りの音の中に母とわたし

赤と黄色の
ゴム風船
ふくらす七色紙風船
――秋祭りの色の中に母とわたし

まわる棉《わた》菓子
かるめやき
いりたて豆に　みそおでん
――秋祭りの匂いの中に母とわたし

ひかれた手を握りしめるだけのおねだり
ああ　むかしのむかしの母とわたし

かあさんのひざは

かあさんのひざは　そのひざは
かまどのけむり　なべのうた
ドーナツ　たいやき　カルメヤキ
坊やのなみだも　しみている

かあさんのひざは　そのひざは
ゆりかご　もくば　くさのおか
まくらにかわれば　なつかしい
ねんねのうたまで　ついている

たわむれに

たわむれに
母の似顔を描き
入日《いりひ》さす壁に鋲《びょう》にてとめ
「お小遣《こづか》いちょうだい」と
手をさしだしぬ

壁の母　せめていいたまえ
「又使いすぎましたね」……と

ちちんぷいぷい
　ごようのおんたからん

ちちんぷいぷい　ごようのおんたからん
母さんがとなえた　おまじないの文句
みみずばれや　こぶの痛さが
どうしてそれで引っこんだのかしら
――説明の出来る人なんて
　この世の中に　一人もいない
　　　　　　　　一人もいない

ちいさい母のうた

ちいさい　ちいさい人でした
ほんとに　ちいさい母でした
それより　ちいさいボクでした
おっぱいのんでる　ボクでした
かいぐり　かいぐり　とっとのめ
おつむてんてん　いないないバア

きれいな声の人でした
よく歌をうたう　母でした
まねしてうたう　ボクでした
片言《かたこと》まじりの　ボクでした
　ああ　アニィローリー　マイボニィ
　それから　ねんねんようおころりよう

羊によくにた人でした
やさしい目をした　母でした
ころころこぶたのボクでした
おはなをならす　ボクでした

すぐにおぼえた　午後三時
おちょうだいする　くいしんぼう

毎晩祈《いの》る人でした
静かに　つぶやく母でした
寝たふりしているボクでした
なんだか悲しい　ボクでした
　春はうるんだ　お月さま
　秋は　まばたきしてる星

影絵《かげえ》を切りぬく人でした
うつしてみせる母でした

お手手をたたくボクでした
何度も　せがむボクでした
　外はこまかい　粉の雪
　影絵のきそうな白い路《みち》

夜なべをしている人でした
よくつぎをあてている母でした
ときどきのぞく　ボクでした
よくにらまれる　ボクでした
　こおろぎ　みみずく　甘酒屋《あまざけや》
　遠い　チャルメラ　おいなりさーん

話のじょうずな人でした
たくさん知ってる母でした
ソエカヤ？　というボクでした
なかなか寝ない　ボクでした
　エクトロ・マロー　アンデルセン
　かちかち山に　かぐや姫

ああ
思い出の中
その中で
こっちをむいている　ちいさい人
ちいさい母

ああ　思い出の中
その中で
なお　甘《あま》えている　ちいさいボク
ちいさいボク
ちいさい
ちいさい
むかしの
むかしの
むかしのボク

ちいさい…………ボク
ちいさい…………むかしのボク

爪色の雨……一

爪色の雨の午前《あさ》
まつ毛のながいその女《ひと》は
ビュウティ・スポットを
　　入れては消し……
　　消しては入れ……

鏡は
爪色の雨と泪に雲りぬ

爪色の雨……二

爪色の雨が降ります
あじさいの花がけむります
誰にも知れないように
お風呂場の壁がぬれて行きます
鉛筆色の角《つの》出して
まいまいつぶろが見ています。

爪色の雨……三

爪色の雨の降るたびに――

あなたと旅した
あの頃を……

あなたのお下髪《さげ》を
ほほえみを……

耳の産毛《うぶげ》を
はじらいを……

雨のなかで指《ゆび》さした
あの山脈《やまなみ》をあの爪を……

爪色の雨の降るたびに――

めんこい仔馬

ぬれた仔馬の　たてがみを
なでりゃ両手に　朝の露
呼べばこたえて　めんこいぞ　オーラ
かけていこかよ　丘の道
ハイドハイドウ　丘の道

わらのうえから　育ててよ
今じゃ毛並も　光ってる
お腹《なか》こわすな　風邪《かぜ》引くな　オーラ
　げんきにたかく　鳴いてみろ
ハイドハイドウ　鳴いてみろ

西のお空は　夕焼だ
仔馬帰ろう　お家には
おまえの母さん　待っている　オーラ
　歌ってやろかよ　山の歌
ハイドハイドウ　山の歌

月が出た出た　まんまるだ
仔馬のお部屋も　明るいぞ
良い夢ごらんよ　ねんねしな　オーラ
明日は朝から　また遊ぼ
ハイドハイドウ　また遊ぼ

うれしいひな祭り

あかりをつけましょ　ぼんぼりに
お花をあげましょ　桃の花
五人ばやしの　笛太鼓
今日はたのしい　ひな祭り

お内裏様と　おひな様
二人ならんで　すまし顔
お嫁にいらした　姉様《ねえさま》に
よく似た官女の　白い顔

金のびょうぶに　うつる灯《ひ》を
かすかにゆする　春の風
すこし白酒　めされたか
あかいお顔の　右大臣

着物をきかえて　帯しめて
今日はわたしも　はれ姿
春のやよいの　このよき日
なにようれしい　ひな祭り

きいろいきいろい歌

きいろい　ちいさい　ちょうちょです
なのはないろした　ちょうちょです
とびます　とびます
きいろが　きいろが
とびました

きいろい　ことりは　カナリヤさん
ちょうちょのいろした　ことりです
なきます　なきます
きいろが　きいろが
なきました

きいろい　たんぽぽ　春の花
カナリヤいろして　さいてます
ゆれます　ゆれます
きいろが　きいろが
ゆれました

もんしろ蝶々のゆうびんやさん

もんしろ蝶々の　ゆうびんやさん
朝から配達　朝から配達
あねもね横町十番地
角《かど》から二軒目　ハイゆうびん

もんしろ蝶々の　ゆうびんやさん
せっせと配達　せっせと配達
ひなげし通りの六番地
まっかな看板　ハイゆうびん
もんしろ蝶々の　ゆうびんやさん
あちこち配達　あちこち配達
チュウリップ奥さん　ハンコです
うれしい書留　ハイゆうびん

かわいいかくれんぼ

ひよこがね
お庭でぴょこぴょこ　かくれんぼ
どんなにじょうずに　かくれても
黄色いあんよが　見えてるよ
――だんだん　だァれが　めっかった

すずめがね
お屋根でちょんちょん　かくれんぼ
どんなにじょうずに　かくれても
茶色の帽子が　見えてるよ
――だんだん　だァれが　めっかった

こいぬがね
野原でよちよち　かくれんぼ
どんなにじょうずに　かくれても
かわいいしっぽが　見えてるよ
――だんだん　だァれが　めっかった

百舌が枯木で

百舌が枯木で　ないている
おいらはわらを　たたいてる
わたひき車は　おばアさん
こっとん水車も　まわってる

みんな去年と　同じだよ
けれども足《た》ん無《ね》え　ものがある
兄《あん》さの薪《まき》割る　音が無《ね》え
バッサリ薪《まき》割る　音が無《ね》え
兄《あん》さは満州へ　行っただよ
鉄砲が涙で　光っただ
百舌よ寒いと　なくじゃ無《ね》え
兄《あん》さはもっと　寒いだろ

ちいさい秋みつけた

誰かさんが　誰かさんが　誰かさんが　みつけた
ちいさい秋　ちいさい秋　ちいさい秋　みつけた
めかくし鬼さん　手のなる方へ
すましたお耳に　かすかにしみた
よんでる口笛　もずの声
ちいさい秋　ちいさい秋　ちいさい秋　みつけた
誰かさんが　誰かさんが　誰かさんが　みつけた
ちいさい秋　ちいさい秋　ちいさい秋　みつけた

お部屋は北向き　くもりのガラス
うつろな目の色　とかしたミルク
わずかなすきから　秋の風
ちいさい秋　ちいさい秋　ちいさい秋　みつけた

誰かさんが　誰かさんが　誰かさんが　みつけた
ちいさい秋　ちいさい秋　ちいさい秋　みつけた
むかしの　むかしの　風見《かざみ》の鳥の
ぼやけたとさかに　はぜの葉ひとつ
はぜの葉あかくて　入日《いりひ》色《いろ》
ちいさい秋　ちいさい秋　ちいさい秋　みつけた

長崎の鐘

こよなく晴れた　青空を
悲しと思う　せつなさよ
うねりの波の　人の世に
はかなく生きる　野の花よ
なぐさめ　はげまし　長崎《ながさき》の
ああ　長崎の鐘《かね》が鳴る

召《め》されて妻《つま》は　天国へ
別れてひとり　旅立ちぬ
かたみに残る　ロザリオの
鎖《くさり》に白き　わが涙
なぐさめ　はげまし　長崎の
ああ　長崎の鐘が鳴る

こころの罪《つみ》を　うちあけて
更《ふ》け行く夜の　月すみぬ
貧《まず》しき家の　柱にも
気高《けだか》く白き　マリア様

なぐさめ　はげまし　長崎の
ああ　長崎の鐘が鳴る

編者あとがき

田中和雄

ぼくが「リンゴの唄」を聞いたのは、敗戦の翌年（昭和二十一年）神田神保町の焼野原でした。B29の焼夷弾で地平まで焼き尽され、青い空の向こうには白い富士がぽっかり浮かんでいました。

赤いリンゴに　唇よせて
だまって見ている　青い空
リンゴは何んにも　いわないけれど
リンゴの気持は　よくわかる
リンゴ可愛や　可愛やリンゴ

ラジオからも電信柱からの拡声器からも大音量で並木路子の歌声が流れていました。

昭和十年生まれのぼくは、本郷で家を焼かれ疎開先の田舎道でグラマンの機銃掃射に遭った腹ペコの軍国少年でした。赤いリンゴなど食べたことも見たこともありません。なのに、リンゴの甘酸っぱい香りが口のなかいっぱいに広がって、涙がでるのでした。

そのころ、神保町の焼野原には、古本屋のおじさんが何人も露店の古本屋を店開きしていました。リヤカーに蜜柑箱を積んで岩波文庫だけを疎開させていたのです。本に飢えていたぼくは毎日通い「ファーブルの昆虫記」やトルストイの「イワンのばか」などをタダ読みして顔馴染みになって、店番などもやる仲になっていました。

そこに「リンゴの唄」が流れてきます。おじさんは「チクショー、チクショー」と拳で目をこすります。するといちどは治まっていた涙がまたこみあげてきて、ぼくも貰い泣きする始末でした。サトウハチローの名前を聞いたのは、そのときが初めてでした。

「リンゴの唄」で泣いているのは古本屋のおじさんだけでな

く、近所の隣組の組長さん、闇屋のおばさん、白い傷病衣の兵隊さんも同じでした。みんな一緒に唄いながら拳で目をこすり指についた涙をモンペの裾にこすりつけるのでした。

それから安保の時代に入り「うたごえ喫茶」で唄った「百舌が枯木で」もサトウハチローだったし、「ちいさい秋みつけた」も「長崎の鐘」も同じ作者のものでした。

とくに「長崎の鐘」のなかでくり返される

なぐさめ　はげまし　長崎の

のところでは、のどの奥から嗚咽がほとばしり、人目もはばからず滂沱の涙が流れました。原爆の被災者ではないぼくがなぜ涙するのか不思議でした。

そのハチローが死んで（一九七三年享年七十歳）、ぼくはあらためてハチローの詩を読み漁りました。書店で手に入るもの、古本屋で買えたものの他、多くは図書館に通って書き写しました。「泣きたくなるのはいいことだ」「ムリすんなよ」などに出合うたびに「リンゴの唄」や「長崎の鐘」で涙した不思議が解き明かされるような気がしました。そうしてハチローは自分のことを「面が変で、子熊みたいにムクムクしていて、人なつッこくて、勉強はさッぱり出来ないが、あそびだけは誰よりもうまいのだから、友達がうんとある。（中略）メンコ、竹馬、石けり、なわとび、凧上げに、コマ、ハネツキにパチンコ、木のぼりにとんぼつり、うなぎの夜づり」はもとより、「おとし穴をつくる天才的才能を有していて、近所のおじさんおばさん方は、しばしば、これにカンラクして帽子をとばし、（中略）姉の友達を巧みに誘導して、悲鳴をあげさせるなどということはお茶の子さいさい、朝めし前の、お安い御用だった。」と自伝の「サトウハチロー　落第坊主」に書き連ねています。ぼくはこれを読んでたちまちハチローが好きになってしまいました。また、ハチローは浅草通いの不良少年時代に西条八十の門下生となり、秋の日のヴィオロンのためいきのポール・ヴェルレーヌを口ずさみ、永井荷風先生の訳詩集をひもといて「うじ虫よ、来たりて我に問へ、尚も悩みのありやなしや」とボードレールにわけもわからず感嘆し、浅草の不良少年たちと「僕の願いはフランソワ・ヴィヨンになることなのだ」ととぐろを巻いていた、と書いています。

それから佐藤愛子（ハチローの異母妹）「血脈」も一気に読みました。ハチローの生活と生涯が余すところなく語られ、その物凄さ面白さにぼくは驚き惹きこまれました。荒ぶる男の振りをした神の化身、その神とは詩人の魂そのものではなかろうかと考えているうちに、とつぜん紀貫之の「古今和歌集仮名序」が浮かんできました。

和歌《やまとうた》は、人の心を種《たね》として、
万《よろづ》の言《こと》の葉とぞなれりける。
世の中にある人、事《こと》・業《わざ》しげきものなれば、
心に思ふ事を、見るもの聞くものにつけて、

言ひいだせるなり。
花に鳴く鶯《うぐひす》、水に住むかはづの声を聞けば、
生きとし生けるもの、いづれか歌をよまざりける。
力をも入れずして天地《あめつち》を動かし、
目に見えぬ鬼神をもあはれと思はせ、
男《をとこ》女のなかをもやはらげ、
猛《たけ》き武士《ものゝふ》の心をもなぐさむるは、歌なり。

声に出してくり返し読んでいると、いつのまにか冒頭の「和歌は」は「サトウハチローのうたは」にすり替わってしまいました。

サトウハチローのうたは……
力をも入れずして天地を動かし、
目に見えぬ鬼神をもあはれと思はせ、
男女のなかをもやはらげ、
猛き武士の心をもなぐさむるは、歌なり。

仮名序はまさにサトウハチローの詩業を叙したものにほかならず、ハチローこそ詩の神の化身にちがいない、とぼくはかたく信じるようになりました。

この詩集はこうした思いから生まれました。敗戦から七十五年たち、戦争こそないものの日本国中で地震洪水原発コロナと災害はとどまるところを知りません。苦しみ悩む人びとを「なぐさむるは、歌なり」です。「リンゴの唄」や「長崎の鐘」を書いたハチローの詩が今日も日本の空に響きわたりますように。

本詩集の表記は、今の読者に読みやすくすることを考えて、旧字は新字体にかえ、新かなづかいにかえたことを、おことわりしておきます。

出典一覧
リンゴの唄「サトウハチロー詩集」(ハルキ文庫) 角川春樹事務所 2004 年
泣きたくなるのはいいことだ「悲しくもやさしく」
サンリオ山梨シルクセンター出版部 1971 年
ムリすんなよ「心のうた」サンリオ 1972 年
悲しくてやりきれない「サトウハチロー詩集」(ハルキ文庫)
角川春樹事務所 2004 年
いつでもどきどきしてるんだ「NHK みんなのうた」
雨ですこっそり降ってます「サトウハチロー童謡集」彌生書房 1997 年
やけ酒「サトウハチロー詩集」(ハルキ文庫) 角川春樹事務所 2004 年
もしも月給が上ったら「サトウハチロー詩集」(ハルキ文庫)
角川春樹事務所 2004 年
うちの女房にゃ髭がある「サトウハチロー詩集」(ハルキ文庫)
角川春樹事務所 2004 年
そぼくな恋「悲しくもやさしく」サンリオ山梨シルクセンター出版部 1971 年
胡桃「爪色の雨」R 出版 1978 年
象のシワ「サトウハチロー詩集 ちいさい秋みつけた」みゆき書房 1968 年
友達はいいもんだ「サトウハチロー詩集 ある日のうた」ワコール 1975 年
この世の中で一番短い歌「サトウハチロー詩集 ちいさい秋みつけた」
みゆき書房 1968 年
みみずとボク「悲しくもやさしく」サンリオ山梨シルクセンター出版部
1971 年
仲なおり「僕等の詩集」大日本雄弁会講談社 1935 年
シャベルでホイ「サトウハチロー童謡集」彌生書房 1997 年
木のぼり小僧「サトウハチロー童謡集」彌生書房 1997 年
叱られ坊主「サトウハチロー童謡集」彌生書房 1997 年
自画像「サトウハチロー詩集 たっけだっけのうた」みゆき書房 1969 年
この手はこの手は何をする「美しきためいき」サンリオ
1990 年 (初版 1967 年)
もつれもつれて……「心のうた」サンリオ 1972 年
涙は似合わない「心のうた」サンリオ 1972 年

誰にも言わないから……「心のうた」サンリオ 1972 年
落ちつかない日は……「心のうた」サンリオ 1972 年
トテトテパアとおくるんだ「心のうた」サンリオ 1972 年
どうですどうだいどなもんだい「心のうた」サンリオ 1972 年
パカランチャア「心のうた」サンリオ 1972 年
ねむれない夜は……「心のうた」サンリオ 1972 年
この世の中で一番「詩集 おかあさん（Ⅰ)」オリオン社 1961 年
母　ママ　お母さん「詩集 おかあさん（Ⅰ)」オリオン社 1961 年
おめめがさめれば　かあさん「詩集 おかあさん（Ⅰ)」オリオン社 1961 年
でんでん虫にも「詩集 おかあさん（Ⅲ)」オリオン社 1963 年
おふくろちゃぶくろ「心のうた」サンリオ 1972 年
かあさんのためいき「心のうた」サンリオ 1972 年
おかめひょっとこ「詩集 おかあさん（Ⅱ)」オリオン社 1962 年
かあさんのひざは「詩集 おかあさん（Ⅰ)」オリオン社 1961 年
たわむれに「詩集 おかあさん（Ⅰ)」オリオン社 1961 年
ちちんぷいぷいごようのおんたからん「詩集 おかあさん（Ⅰ)」オリオン社 1961 年
ちいさい母のうた「詩集 おかあさん（Ⅰ)」オリオン社 1961 年
爪色の雨……一「爪色の雨」R 出版 1978 年
爪色の雨……二「爪色の雨」R 出版 1978 年
爪色の雨……三「爪色の雨」R 出版 1978 年
めんこい仔馬「サトウハチロー童謡集」彌生書房 1997 年
うれしいひなまつり「サトウハチロー童謡集」彌生書房 1997 年
きいろいきいろい歌「サトウハチロー童謡集」彌生書房 1997 年
もんしろ蝶々のゆうびんやさん「サトウハチロー童謡集」彌生書房 1997 年
かわいいかくれんぼ「サトウハチロー童謡集」彌生書房 1997 年
百舌が枯木で「サトウハチロー童謡集」彌生書房 1997 年
ちいさい秋みつけた「サトウハチロー童謡集」彌生書房 1997 年
長崎の鐘「サトウハチロー詩集」（ハルキ文庫）角川春樹事務所 2004 年

童話屋の本はお近くの書店でお買い求めいただけます。
弊社へ直接ご注文される場合は
電話・FAX などでお申し込みください。
電話 03-5305-3391　FAX 03-5305-3392

サトウハチロー詩集

二〇二〇年一二月一〇日初版発行
詩　サトウハチロー
発行者　岡充孝
発行所　株式会社　童話屋
〒 166-0016　東京都杉並区成田西二―五―八
電話〇三―五三〇五―三三九一
製版・印刷・製本　株式会社　精興社
NDC九一一・一六〇頁・一五センチ

ISBN978-4-88747-141-2